Analyse de l'œuvre

Par Flore Beaugendre
et Margot Pépin

Lolita

de Vladimir Nabokov

lePetitLittéraire.fr

Rendez-vous sur lepetitlitteraire.fr et découvrez :

Plus de 1200 analyses
Claires et synthétiques
Téléchargeables en 30 secondes
À imprimer chez soi

VLADIMIR NABOKOV

ÉCRIVAIN AMÉRICAIN D'ORIGINE RUSSE

- **Né en 1899 à Saint-Pétersbourg (Russie)**
- **Décédé en 1977 à Montreux (Suisse)**
- **Quelques-unes de ses œuvres :**
  - *La Défense Loujine* (1930), roman
  - *Le Don* (1937), roman
  - *La Transparence des choses* (1972), roman

Vladimir Nabokov nait dans une famille aristocratique russe. Il est contraint de quitter son pays natal suite à la révolution russe et se réfugie en Europe où il commence des études littéraires et écrit ses premières œuvres. Il publie notamment *La Défense Loujine* et *Le Don* qui lui permettent d'être reconnu dans le milieu des écrivains russophones.

Nabokov émigre aux États-Unis et est naturalisé américain en 1945 : il refusera toujours de réintégrer l'URSS. Dès lors, il écrit en anglais. C'est auprès de ce nouveau public anglophone qu'il acquiert une certaine notoriété. Celle-ci explose et devient mondiale en 1955 quand parait *Lolita*. Il publie ensuite de nombreux romans tels que *Regarde, regarde les arlequins !* (1973). Il est aujourd'hui unanimement salué comme un auteur incontournable du XXe siècle.

LOLITA

UN ROMAN À SCANDALE

- **Genre :** roman
- **Édition de référence :** *Lolita*, traduit de l'anglais par Maurice Couturier, Paris, Gallimard, coll. « Folio », 2010, 551 p.
- **1ʳᵉ édition :** 1955
- **Thématiques :** passion amoureuse, enfance, désir, vengeance, jalousie, pédophilie

Lolita est l'œuvre la plus connue de Nabokov. Elle relate la passion, au destin particulièrement tragique, du quadragénaire Humbert Humbert pour Dolorès Haze, une « nymphette » américaine d'une dizaine d'années. On retrouve une version édulcorée de cette intrigue dans *L'Enchanteur*, nouvelle écrite par l'auteur en 1939 qui ne sera publiée qu'après sa mort.

Les maisons d'édition américaines l'ayant unanimement refusé, le manuscrit est publié pour la première fois en 1955 à Paris au sein d'une collection accueillant des romans scabreux et sulfureux. Sa parution provoque un scandale général : le récit est même interdit de diffusion à plusieurs reprises.

RÉSUMÉ

Le récit s'ouvre sur une note de l'éditeur qui affirme que l'histoire se base sur le véritable manuscrit d'Humbert Humbert. Il nous apprend également la mort de ce dernier en prison, peu avant le début de son procès, ainsi que celle de Lolita. Cette intervention d'un éditeur fictif a pour but de donner une dimension réaliste et autobiographique au récit.

UN AMOUR D'ENFANCE DÉTERMINANT

Humbert Humbert, le narrateur, est emprisonné pour pédophilie. Il raconte l'histoire de son crime : sa passion pour Lolita, une jeune fille de 12 ans alors qu'il en avait lui-même 40. Il évoque de façon explicite son désir vis-à-vis des très jeunes filles qui l'a habité durant toute sa vie d'adulte. Pour expliquer cette attirance, Humbert revient sur son enfance en Europe et sur sa « période Annabel » (p. 39), le premier amour de ses 13 ans.

Il relate la passion qui l'a uni à la fillette de son âge et le choc de sa mort subite, quelques mois plus tard, des suites du typhus. Il voit dans cet épisode de sa vie le déclencheur de son attirance future pour les « nymphettes », dont il définit les caractéristiques. Ainsi une nymphette est-elle obligatoirement prépubère, âgée entre 9 et 14 ans. Si elle doit être gracieuse, elle n'est pas nécessairement la plus jolie : il s'agit davantage d'un ressenti du narrateur, le seul à pouvoir déceler la « nature nymphique » (p. 43) d'une jeune fille. Le récit de son amour fondateur pour Annabel lui sert de justification psychanalytique pour expliquer son crime. Il s'agit visiblement pour lui de donner les clés nécessaires au lecteur et à ses juges pour apprécier son personnage.

Jeune adulte, il épouse Valeria, la fille de son médecin. Après quatre ans d'un mariage sans amour, celle-ci le quitte pour un autre homme. Il quitte ensuite Paris pour les États-Unis, où il souffre d'une dépression. Là-bas, il rencontre Charlotte Haze qui propose de lui louer une chambre dans la maison qu'elle habite avec sa fille, Dolorès, aussi appelée Lolita. Humbert, agacé par Mrs Haze, s'apprête à refuser son offre quand il découvre Lolita, qui lui fait immédiatement changer d'avis. Cette dernière, âgée de 12 ans, lui apparait comme la réincarnation d'Annabel : « [...] et je vis, allongée dans une flaque de soleil, à demi-nue, se redressant et pivotant sur ses genoux, ma petite amie de la Riviera qui me dévisageait par-dessus ses lunettes sombres. » (p. 80) Peu à peu, on assiste à la naissance d'un jeu de séduction mené de façon puérile par Dolorès, mais qui satisfait le narrateur.

Dès lors, il commence à rédiger un journal où, jour après jour, il décrit sa passion dévorante pour la jeune fille, ainsi que ses tentatives pour l'approcher. Il y fait également le portrait de la mère de la préadolescente, Charlotte Haze, qu'il considère comme une « vieille rombière » gênante (p. 90). Quelques mois s'écoulent durant lesquels Humbert profite du plaisir de vivre auprès de Lolita. Mrs Haze, sous le charme de son locataire, se méprend sur ses intentions et multiplie les tentatives de séduction à son égard. En conflit avec sa fille, elle décide de l'envoyer en camp de vacances pour l'été, se réjouissant de la perspective d'être seule avec Humbert. Charlotte en profite pour déclarer son amour à ce dernier. D'abord écœuré, Humbert voit vite l'opportunité pour lui de rester indéfiniment auprès de sa nymphette : « Je me représentai [...] toutes les caresses fortuites que l'époux de sa mère pourrait prodiguer à sa Lolita. Je la presserai contre moi trois fois par jour, tous les jours. » (p. 131) Il accepte alors d'épouser Mrs Haze et devient le père adoptif de Lolita.

Le journal couvre ensuite les 50 pénibles jours passés en la compagnie de Charlotte Haze. Le monde du narrateur s'écroule lorsque sa femme lui annonce sa décision de placer définitivement Dolorès en pension : il est pris au piège. Mais un accident rompt leur union cruelle : Mrs Haze trouve le journal de son mari et apprend son attirance pour Dolorès. Bouleversée, elle se précipite hors de la maison et se fait renverser par une voiture : Charlotte Haze meurt, comme dans les rêves fous d'Humbert. Une nouvelle vie commence alors pour le narrateur.

UNE PASSION DÉVORANTE

Humbert va chercher Lolita au camp en sa qualité de père. Il lui fait croire que sa mère est malade et qu'ils vont la rejoindre à l'hôpital. La fillette reprend immédiatement son jeu de séduction naïf. Ils passent une nuit à l'hôtel, durant laquelle Humbert administre à Lolita des somnifères dans le but de profiter d'elle pendant son sommeil. Mais les cachets ne s'avèrent pas assez puissants : il est forcé de renoncer à son projet. C'est alors Lolita qui, selon Humbert, bouleverse leur relation jusque-là innocente :

> « J'avais imaginé que des mois, des années peut-être,

Par la suite, Lolita devient morose. Elle semble réaliser ce qu'il vient de se passer et regretter la situation. Devant ses questions et ses demandes de voir sa mère, le narrateur lui apprend la mort de cette dernière. Il est désormais sa seule famille : « Elle n'avait, voyez-vous, absolument nulle part où aller. » (p. 246)

Humbert, craignant d'être découvert et de se voir retirer Lolita s'ils retournaient chez eux (il n'est son « père » que depuis un mois), entreprend avec la jeune fille un voyage sans but, semblable à une fuite perpétuelle. Ils traversent donc l'Amérique, de motels en bungalows et de disputes en réconciliations : « Nous étions allés partout. En fait nous n'avions rien vu. » (p. 299) Une relation tendue s'instaure entre Humbert et sa protégée, faite de chantage et de dissi-mulation. Finalement, Humbert décide de mettre fin à leur périple, à la fois dans l'espoir de reprendre une vie normale et pour des raisons financières.

Ils s'installent à Beardsley où Lolita reprend sa scolarité dans une institution privée. Elle y suit des cours de théâtre et joue dans la pièce d'un dramaturge : Clare. Elle tente ainsi de prendre une liberté que le narrateur lui refuse. De son côté, Humbert a trouvé un emploi : il occupe un poste de professeur à l'université. Mais il est progressivement rongé par les soupçons et la jalousie : il souffre de laisser sortir Lolita de la maison, de l'imaginer côtoyer des jeunes garçons et tente de surveiller ses moindres faits et gestes. Sa paranoïa et ses angoisses sont aussi dues à la peur de se faire démasquer et de voir Lolita s'affranchir de la tyrannie qu'il exerce sur elle. Après une énième dispute, la jeune fille, à sa grande surprise, demande à reprendre la route.

Le duo entame alors un voyage dont l'itinéraire est tracé par Lolita. Humbert remarque bientôt qu'un homme les suit et qu'il cherche à entrer en contact avec la jeune fille. Lolita semble jouer un double jeu et connaitre cet homme. Or le narrateur ignore si ses soupçons sont fondés ou s'ils sont les produits de son imagination paranoïaque. Lorsqu'elle tombe malade et doit être hospitalisée, Lolita en profite pour s'enfuir avec cet homme mystérieux, qui s'avère être le dramaturge Clare Quilty. Elle avouera plus tard à Humbert qu'il a été « le seul homme qu'elle [ait] véritablement aimé à la folie » (p. 465).

Bouleversé, Humbert part à sa recherche, enquêtant dans les motels où le dramaturge laisse des indices moqueurs, signant les registres de sobriquets qui sont destinés au père adoptif de Lolita. Dévasté, il finit par abandonner. Un an plus tard, Humbert fait la connaissance de Rita qui devient sa compagne et son soutien : « [...] ce fut la compagne la plus apaisante, la plus compréhensive que j'aie jamais eue, et [...] elle m'épargna sans doute l'asile de fous. » (p. 435)

Quelques années plus tard, Humbert reçoit une lettre de Lolita : elle est mariée, enceinte et demande de l'argent à son « cher Papa » (p. 447). Aussitôt, il se rend à l'adresse de la jeune femme. Elle est devenue Dolorès Schiller et vit avec son mari, un jeune homme qui ignore tout de son passé. Dolorès n'a plus rien d'une « nymphette », mais l'amour « *ad vitam aeternam* » (p. 454) qu'elle inspire à Humbert le pousse à lui proposer de s'enfuir avec lui. Elle refuse, mais accepte de lui raconter sa fuite avec Quilty : Lolita l'a suivi par amour mais le dramaturge l'a vite délaissée devant ses réticences à se plier à des jeux sexuels qui la dégoutaient. Face à cette révélation, Humbert est sous le choc. Il décide alors de se rendre chez Quilty avec une arme. Il trouve ce dernier ivre et incohérent. Le narrateur le confronte à ses actes avant de l'exécuter dans une scène sanglante. C'est à la suite de ce meurtre qu'Humbert Humbert est arrêté. Il conclut son récit par une ultime déclaration d'amour à Lolita et précise qu'il « souhaite que ce mémoire ne soit publié qu'après la mort » de cette dernière (p. 516).

ÉTUDE DES PERSONNAGES

HUMBERT HUMBERT

Humbert Humbert, né en 1910 à Paris, est à la fois le narrateur et le héros de *Lolita*. Son « étrange pseudonyme [...] est de son invention » (p. 24), nous dit le préfacier fictif du roman. Il incarne l'archétype de l'Européen raffiné et cultivé : cet intellectuel rentier est professeur et spécialiste de littérature à ses heures. Il se décrit lui-même comme « d'une exceptionnelle distinction : grand, la démarche indolente, les cheveux bruns foncés et souples, et une contenance mélancolique particulièrement séduisante » (p. 57), qui lui vaut beaucoup de succès auprès des femmes.

Humbert connait des épisodes dépressifs : il est hospitalisé à deux reprises en unité psychiatrique. Tiraillé par son obsession des « nymphettes », il n'a de cesse de chercher leur contact tout en voulant cacher ses pulsions, ce qui l'amène à mener, selon ses propres dires, « une existence monstrueusement double » (p. 45). Il est menteur et manipulateur, conscient de sa supériorité intellectuelle. Froid et calculateur, il est égocentrique et fait passer ses désirs avant tout. Cela le conduit à faire du mal à Lolita, tout en affirmant son amour pour elle. Sa passion pour la jeune fille constitue le centre de son existence en dehors duquel il ne peut créer de liens sociaux. En cela, c'est un personnage en perpétuel décalage avec la réalité.

L'aventure qu'il connut à 13 ans avec Annabel est capitale pour cerner le personnage : « En vérité il n'y aurait peut-être

jamais eu de Lolita si, un été, je n'avais aimé au préalable une
certaine enfant. » (p. 31) Le choc de la mort de sa bienaimée
semble l'avoir emprisonné à cette étape de sa vie, son obsession pour les très jeunes adolescentes traduisant la quête de
cet amour perdu trop tôt.

DOLORÈS HAZE

Dolorès, aussi appelée Lolita, Lo ou Dolly, est née en 1935.
Elle est élevée par sa mère, Charlotte, avec qui elle entretient
des rapports conflictuels. Elle a 12 ans quand débute le récit
et 14 ans quand elle parvient à quitter Humbert Humbert.
Elle est fréquemment décrite par Humbert qui détaille les
moindres de ses particularités physiques. Elle est à ses yeux
l'incarnation parfaite de la « nymphette » : très jolie, elle est
élancée, a les cheveux châtains, la peau dorée et des taches
de rousseur.

Lolita est une jeune fille vive, superficielle et impertinente.
Expressive et provocatrice, elle parle l'argot, défie sa mère
et se montre volontiers familière avec Humbert au moment
de leur rencontre. Amatrice de magazines, de cinéma et
de mode, elle est présentée comme le produit parfait de
la société de consommation de masse américaine des
années 1950.

Initiée très jeune à la sexualité, elle a eu des rapports sexuels
avec une jeune fille et un garçon de son âge, en camp d'été,
avant de succomber à Humbert. Ses expériences, motivées
par la curiosité, semblent l'avoir laissée assez indifférente.
Aimant séduire et voulant jouer à l'adulte, elle est entrainée
malgré elle par Humbert dans une relation perverse. Bien

qu'elle affiche une certaine confiance en elle, jouant sur la culpabilité d'Humbert et se montrant souvent détachée face à la gravité de la situation, Lolita est malheureuse, pleure tous les soirs et cherche des moyens de s'enfuir. Orpheline naïve et perdue, elle est une proie facile pour Humbert et Quilty. À 17 ans, affranchie de ses relations avec ces derniers, Lolita refait sa vie et se marie avec un jeune homme simple et gentil avant de mourir en couches.

CHARLOTTE HAZE

Charlotte Haze est la veuve d'Harold E. Haze, et est installée depuis peu à Ramsdale lorsque débarque Humbert. Mère de Lolita, elle représente la figure de la nymphette déchue, le double vieilli de sa fille. Humbert Humbert n'éprouve aucun désir pour elle. Bien qu'il la décrive de façon très péjorative (« l'insipide Mrs Haze », p. 84), on sait que c'est une belle femme, consciente de son pouvoir de séduction. Elle se montre souvent superficielle, désireuse de paraitre belle et d'être appréciée par les autres. Ainsi aime-t-elle utiliser – souvent à mauvais escient – des mots français pour avoir l'air cultivé, habitude qu'Humbert tourne en ridicule. Son mariage avec Humbert est pour elle une façon d'accéder à un statut plus élevé dans la société, car c'est un homme cultivé et séduisant.

D'un naturel jaloux, elle est possessive. En conflit avec sa fille, elle se montre inflexible, peu patiente voire cruelle avec elle. D'une certaine façon (peut-être inconsciemment), elle en est même jalouse : elle semble la percevoir comme une rivale dans sa conquête d'Humbert et cherche à l'écarter de leurs vies.

Dupée par Humbert Humbert, Charlotte est présentée comme une victime aveuglée par ce dernier. Pourtant, elle se montre fière et déterminée lorsqu'elle comprend quelle est la vraie nature d'Humbert. Alors qu'elle s'apprête à le confondre et à reprendre sa vie en main, elle meurt renversée par une voiture.

CLARE QUILTY

Bien qu'omniprésent dans le récit, Clare Quilty est un protagoniste invisible. Il est régulièrement question de lui, mais toujours de façon indirecte, que ce soit dans la bouche d'autres personnages ou sous la forme d'une simple voix (« J'allais m'éloigner lorsque la voix s'adressa à moi », p. 222), jusqu'à son apparition dans la scène finale de l'exécution. Il est le neveu du dentiste de Ramsdale, la bourgade où vit la famille Haze. Durant le séjour d'Humbert et de Lolita à Beardsley, c'est lui qui assure la mise en scène de la pièce dans laquelle joue la jeune fille, ce que l'on n'apprend qu'à la fin du roman puisqu'elle l'appelle seulement Clare (sans doute pour cacher son identité à Humbert).

Clare Quilty est un dramaturge assez célèbre. Riche et influent, il mène une vie de débauche sexuelle, s'entourant de jeunes gens qu'il entretient et avec lesquels il organise des orgies. Il peut être perçu comme le double d'Humbert et son concurrent : tous deux ont le même âge, le même type de langage et tous deux convoitent Lolita. Ils commettront finalement des crimes similaires. La confrontation finale est donc inéluctable. La présence en filigrane de Quilty fait de lui un personnage menaçant. Les allusions dispersées le concernant sont autant d'indices de son importance.

VALERIA

Valeria est la première épouse d'Humbert. Fille d'un médecin polonais, elle est âgée d'une trentaine d'années, a des « cheveux blonds, courts et bouclés » (p. 58) et affiche un air de « femme enfant » (p. 63) qui séduit d'abord Humbert. Pourtant, ce dernier la qualifie rapidement de femme « laide comme un crapaud » (p. 59). Le lecteur n'a accès à sa personnalité que du point de vue d'Humbert qui ne la considère que comme un moyen de vivre sans ennui et ne cherche ni à la connaitre ni à la présenter en détail. Elle est pour lui banale et stupide, sans véritable substance. Après quatre ans d'un mariage ennuyeux, délaissée, Valeria tombe amoureuse d'un autre homme et quitte son mari. Humbert apprend des années plus tard qu'elle est morte en couches en 1945.

CLÉS DE LECTURE

LA FORME AUTOBIOGRAPHIQUE

Selon les dires de John Gray, l'éditeur fictif de *Lolita*, Humbert aurait intitulé son manuscrit *Lolita ou Confessions d'un veuf de race blanche*. Ce titre évoque les *Confessions* (1789) de Jean-Jacques Rousseau (écrivain français, 1712-1778), œuvre fondatrice du genre autobiographique, dont Nabokov donne ici à voir une parodie.

Le narrateur subvertit en effet les codes de l'autobiographie édictés par Rousseau dans son préambule : la sincérité absolue, l'aveu des péchés et la cohérence. Il s'agit pour Rousseau, à travers l'autobiographie, de montrer « toute la vérité de la nature » (« Préambule », in ROUSSEAU J.-J., *Confessions*, Paris, Gallimard, 2009). Ainsi n'est-ce pas le cas dans *Lolita* :

- Humbert exprime à plusieurs reprises des regrets et son désespoir face à la détresse de Lolita : « Et il y avait des jours où je savais ce que tu ressentais, et c'était pour moi un supplice infernal, mon enfant, Petite Lolita [...] » (p. 478) Mais ces aveux sont sporadiques et souvent destinés à un jury compatissant : « Gentes dames du jury ! J'implore votre indulgence ! » (p. 217) ;
- sa confession est empreinte de mauvaise foi, de complaisance et de justifications laborieuses : « La loi romaine stipulant qu'une fille peut se marier à douze ans [...] est encore en vigueur [...] dans certains États américains » (p. 236) ; « ce fut elle qui me séduisit » (p. 231). La sincérité

du personnage est constamment sujette à caution ;

- la fiabilité du narrateur est remise en cause. Humbert a des problèmes psychiques (il a été hospitalisé à plusieurs reprises) et aime mentir. Il revendique même cette propension à l'invention, en totale contradiction avec sa prétention de donner à lire sa confession.

On peut donc voir, dans cette prétendue autobiographie, une satire du genre.

HUMBERT HUMBERT ET LES FEMMES

Bien que le personnage évite d'employer ce terme, Humbert est pédophile : cet état de fait constitue tout l'enjeu de sa confession. Il explique de façon très détaillée ce qui l'attire chez les enfants de 9 à 14 ans. Avant sa rencontre avec Lolita, il organisait sa vie dans le seul but de regarder et d'approcher des « nymphettes » : il se postait dans des parcs fréquentés par des enfants, scrutait les moindres ombres par sa fenêtre et rôdait autour des écoles.

Mépris et dégout

Ses relations avec les femmes sont bien sûr marquées par son penchant pour les jeunes filles. Déterminé à protéger le secret de ses désirs et terrifié à l'idée d'être découvert, Humbert se sert des femmes comme couverture pour donner l'illusion de la normalité de ses rapports humains : « J'entretenais au grand jour ce qu'on appelle des rapports normaux avec un certain nombre de femmes. » (p. 48) Pourtant, Humbert attire la gent féminine et affirme : « Je ne savais que trop, hélas, que je pouvais avoir, en claquant

des doigts, n'importe quelle femme adulte de mon choix. »
(p. 57) Mais cette attirance n'est pas réciproque. Dès lors,
il traite les femmes avec froideur et mépris, les qualifiant
de « créatures femelles » et de « simples palliatifs » (p. 46).

Ses mariages

- **Valeria.** En 1935, Humbert Humbert vit en France où,
  suite à une mésaventure avec une très jeune prostituée,
  il pense à « [sa] sécurité personnelle, [et] rés[out] de [se]
  marier » (p. 56). Il épouse Valeria, la fille d'un médecin
  avec qui il joue aux échecs. Il avoue l'avoir choisie pour sa
  façon de « singer une petite fille [et de] s'habiller à la ga-
  mine » (p. 58). Leur mariage de façade durera quatre ans.
  Humbert l'évoque sans tendresse et la qualifie de
  « grosse baba bouffie [...] et pratiquement sans cervelle »
  (p. 59). Lorsqu'Humbert lui annonce sa volonté de partir
  vivre aux États-Unis, elle lui avoue qu'elle a un amant et
  refuse de le suivre. Médusé et furieux, il envisage de la
  tuer avant de décider « tout simplement de la rosser de
  belle manière » (p. 64). Cet épisode violent, motivé non
  par l'amour déçu mais par une blessure narcissique, figure
  bien la déshumanisation de son rapport à son épouse ;
- **Charlotte Haze.** Le second mariage d'Humbert Humbert
  avec Mrs Haze est cette fois motivé par son désir pour
  Lolita. Alors qu'il n'est que le locataire de la famille
  Haze, il présente Charlotte comme une femme vulgaire,
  superficielle et jalouse qui multiplie les tentatives de
  séduction auprès de lui. Humbert se voit alors obligé de
  simuler des rages de dents et des fatigues pour échapper
  à ses ardeurs.

Épouser la mère de la « nymphette » est finalement pour lui un moyen de se rapprocher de cette dernière. Les expressions de son mépris pour Charlotte ne manquent pas dans le texte. Elle en fait elle-même un catalogue quand elle confronte son mari après avoir lu son journal intime : « La grognasse de Haze, la grosse vache, la vieille chipie, l'odieuse maman, [...] cette vieille idiote. » (p. 172) Il pense très sérieusement à l'assassiner mais y renonce, s'en trouvant incapable. Lorsqu'elle meurt brutalement, Humbert n'exprime naturellement aucune tristesse : c'est pour lui un soulagement puisqu'il se retrouve enfin seul avec Lolita ;

- **Rita.** Si Humbert Humbert n'épouse pas Rita, il « l'adopt[e] comme compagne permanente » (p. 434) pendant les années qui suivent la fuite de Lolita. Il l'évoque avec respect et une certaine tendresse : « [Elle était] la plus exquise, la plus simplette, la plus gentille qu'on puisse imaginer. » (p. 434) Leur rupture, contrairement aux précédentes expériences d'Humbert, se fait sans violence : « Je la regardai sourire dans son sommeil, déposai un baiser sur son front moite et la quittai à tout jamais après avoir attaché un tendre message d'adieu sur son nombril. » (p. 449)

LA CULPABILITÉ

Dans ce roman à la première personne, le narrateur semble passer aux aveux. Il se « confesse » devant la justice, mais aussi la société toute entière. Son récit est ponctué par de très nombreuses apostrophes à ses lecteurs et aux acteurs de son procès (« Mesdames et messieurs les jurés », p. 31 ;

« braves gens », p. 158 ; « gentes dames du jury », p. 217).
S'il ne veut pas que ce document soit édité avant sa mort et
celle de Lolita, on sait qu'il compte se servir d'une partie de
son texte au cours de son procès à venir, c'est pourquoi on
peut considérer le roman comme son plaidoyer de défense.
Humbert y avoue sa culpabilité, exprime ses remords et se
présente comme un monstre. Le champ lexical de l'horreur
et du monstrueux est ainsi très prégnant dans le texte :
« Mon appétit pour cette misérable nymphette était monstrueux » (p. 244) Il tente pourtant d'expliquer ses gestes
et de s'attirer la clémence de ses lecteurs, notamment en
exprimant son amour pour Lolita : « Je t'aimais. J'étais un
monstre pentapode mais je t'aimais. J'étais méprisable et
brutal, plein de turpitudes, j'étais tout cela mais je t'aimais
je t'aimais ! » (p. 478)

S'il déplore bien à la fin du roman « avoir priv[é Lolita] de
son enfance » (p. 475), ses remords sont ambivalents : ils
ne l'empêchent pas d'être nostalgique des années passées
à ses côtés qu'il évoque comme des instants de « paradis »
(p. 476-478). Humbert Humbert se présente comme victime
de ses désirs, parfois même comme victime de Lolita (« ma
nymphette [...] me tenait captif », p. 312) : on peut se demander s'il cherche à atténuer sa faute ou s'il est réellement
convaincu par ses propos, aveuglé par le manque d'empathie
qui le caractérise.

L'INFLUENCE DE LILITH CHEZ NABOKOV

Lolita, le surnom choisi par Humbert, offre un parallèle pho-
nétique évident avec Lilith. Cette dernière, dans la tradition

juive, aurait été la première femme d'Adam, avant que son époux ne la renvoie du paradis terrestre. Elle serait alors devenue un succube, ce démon qui prend l'apparence d'une femme pour avoir des relations sexuelles avec un homme. Elle est à la fois l'incarnation d'un démon sexuel et d'une femme fatale et dominatrice. Lolita peut ainsi être rapprochée de Lilith. Nabokov explicite ce lien dans cette phrase : « Humbert était parfaitement capable de forniquer avec Ève, mais c'était Lilith qu'il rêvait de posséder. » (p. 49) Le poème intitulé « Lilith » que Nabokov écrivit en 1928 montre bien à quel point l'auteur est familier du mythe. Il y met en scène une fillette très proche de notre héroïne moderne.

À plusieurs reprises, Humbert insiste sur le côté démoniaque de sa bienaimée et des « nymphettes » en général, dont « [...] l[a] nature véritable [...] n'est pas humaine mais nymphique (c'est-à-dire démoniaque). » (p. 43) Comme Lilith, Lolita refuse de se soumettre, trahit l'homme avec qui elle partage sa vie et prend la fuite, plongeant ce dernier dans le désespoir. Elle symbolise la destruction et l'influence diabolique qu'exerce la femme sur l'homme.

Lilith est l'antithèse de la femme archaïque qu'incarne la docile Ève, la seconde femme d'Adam, à la fois une femme épouse et une femme mère. Charlotte Haze est l'incarnation de cette féminité adulte qu'Humbert rejette au profit de Lolita. Lilith représente inversement la femme « incomplète », celle qui refuse la sexualité classique et la procréation. Lolita est donc cette Lilith, la femme enfant que l'homme ne peut prendre pour épouse puisqu'elle ne possède aucun de ses attributs. La dernière illustration de cette incapacité à être femme peut se voir dans la mort de Lolita lors de son accouchement, en mettant au monde une fille mort-née. Lilith, tout comme Lolita, ne parvient pas à accéder au rang d'Ève.

LA REPRISE DU MYTHE DE SALOMÉ

Lolita peut, à plus d'un titre, être considéré comme une actualisation du mythe de Salomé relaté dans les Évangiles : Hérodiade, mère de Salomé et épouse d'Hérode, demande à sa fille de danser pour son mari. Envouté par la beauté et la sensualité de sa belle-fille, Hérode lui dit qu'elle peut lui demander tout ce qu'elle veut. Salomé récl[out]ame alors la tête de Jean le Baptiste sur un plateau.

Le trio actanciel est le même pour les deux récits puisque la jeune fille séduit son beau-père sous les yeux de sa mère :

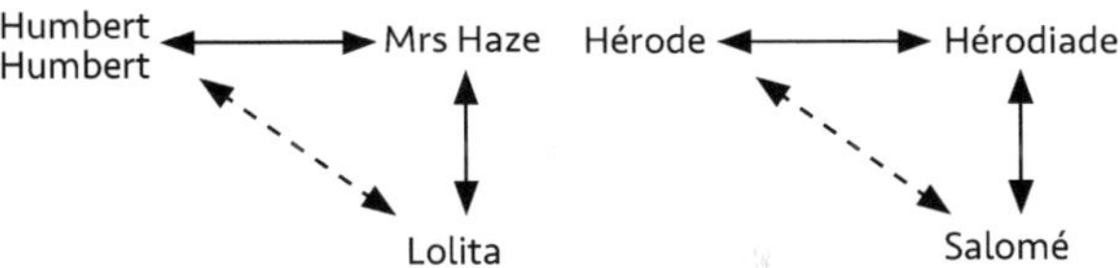

Le pouvoir fatal de Salomé réside dans sa jeunesse et sa grâce, ainsi que dans sa danse lascive. Lolita est quant à elle une « nymphette » fascinante aux yeux d'Humbert. Il la supplie de danser pour lui après lui avoir fait des promesses de récompense. Le parallèle entre les deux récits est alors flagrant :

> « Certains soirs aventureux, à Beardsley, je l'avais même fait danser devant moi en lui promettant quelque gâterie ou cadeau, et [...] le rythme de ses membres pas encore tout à fait nubiles m'avaient procuré du plaisir. » (p. 389)

Salomé est synonyme de destruction à la fois pour le prophète Jean le Baptiste et pour le roi Hérode qui perd son libre arbitre et le contrôle de ses actes. Il en va de même pour l'inconséquente Lolita qui détient le destin d'Humbert entre ses mains et provoque la mort de Clare Quilty, l'équivalent de Jean-Baptiste dans *Lolita*. Enfin, elle est également indirectement à l'origine du décès de sa propre mère.

Ainsi Salomé est-elle définie comme « le mythe du combat éternel entre la femme et l'homme, la chair et l'esprit, l'irrationnel et l'intellect » (BRUNEL P., « Salomé », in *Dictionnaire des mythes littéraires*, p. 1240). Cela peut également s'appliquer aux rapports entre Humbert et Lolita, ou plus généralement aux relations qu'entretient Humbert avec la gent féminine.

LA POSTÉRITÉ DE *LOLITA*

Le mot « Lolita » est devenu aujourd'hui un nom commun. On l'utilise pour désigner une jeune adolescente stéréotypée dont le comportement est en décalage avec son âge véritable. Il serait réducteur de dire que cette description correspond au personnage originel, beaucoup plus complexe et ambigu. L'héroïne de Nabokov a donc été extraite du roman pour devenir une icône moderne à part entière : le personnage a échappé à son auteur.

Les raisons de ce succès fulgurant résident en grande partie dans le contexte de publication : *Lolita* parait en 1955, au moment où la société de consommation est en plein essor en Europe et surtout aux États-Unis. Sébastien Hubier explique ce phénomène :

> « [Les doctes innocentes] sont d'abord rapprochées d'anciennes figures mythiques avant que de devenir, en elles-mêmes, un mythe moderne directement associé à l'essor de la société de consommation et à l'irruption de la culture de masse. C'est pourquoi elles sont si étroitement liées aux caractéristiques et aux grandes oppositions de cette dernière [...] » (HUBIER S., *Lolitas et petites madones perverses : émergence d'un mythe littéraire*, Dijo, EUD, 2007, p. 15)

Lolita est donc une nouvelle figure de la femme enfant fatale en adéquation avec la réalité et les évolutions de la société moderne : la consommation comme règle de vie, le culte de la jeunesse et du corps, etc. Lolita incarne à elle seule tous ces bouleversements du monde moderne.

QUELQUES QUESTIONS POUR APPROFONDIR SA RÉFLEXION...

- À la lumière de la citation suivante, expliquez ce qui peut être dérangeant dans *Lolita* : « [Humbert] est anormal. [...] Mais son archet magique sait faire naître une musique si pleine de tendresse et de compassion pour Lolita que l'on succombe au charme du livre alors même que l'on abhorre son auteur [Humbert]. » (p. 26)
- Nabokov affirme : « [...] *Lolita* ne trimballe derrière lui aucune valeur morale. À mes yeux, une œuvre de fiction n'existe que dans la mesure où elle suscite en moi ce que j'appellerai crûment une jubilation esthétique... » (p. 528) Commentez.
- À qui s'adresse cette autobiographie fictive ? Étudiez la situation d'énonciation du roman.
- Peut-on déceler une trame policière dans *Lolita* ? Justifiez.
- Quelle est, selon vous, la place réelle de la mère dans l'intrigue de *Lolita* ?
- Quels arguments le préfacier fictif de *Lolita* avance-t-il en faveur de la publication du roman ?
- Comment pensez-vous que le roman de Nabokov serait accueilli s'il devait paraitre à notre époque ?
- Le roman véhicule certains clichés sur le décalage entre la vieille Europe et l'Amérique. Lesquels ? Comment cela se manifeste-t-il ?
- Lolita, en devenant un nom commun, est devenue une icône moderne. Citez des exemples de reprises des personnages ou de l'intrigue du roman de Nabokov dans les

arts (littérature, cinéma, musique, etc.).

- *Lolita* n'est pas le premier roman, dans l'histoire de la littérature, à mettre en scène un héros moralement abject. Citez d'autres exemples.

POUR ALLER PLUS LOIN

ÉDITION DE RÉFÉRENCE

- NABOKOV V., *Lolita*, traduit de l'anglais par Maurice Couturier, Paris, Gallimard, coll. « Folio », 2010.

ÉTUDES DE RÉFÉRENCE

- BRUNEL P., *Dictionnaire des mythes littéraires*, Paris, éditions du Rocher, 1988.
- COUTURIER M., « Préface », in *Lolita*, Paris, Gallimard, coll. « Folio », 2010.
- HUBIER S., *Lolitas et petites madones perverses : émergence d'un mythe littéraire*, Dijon, EUD, coll. « Écritures », 2007.
- ROUSSEAU J.-J., *Les Confessions*, Paris, Gallimard, coll. « Folio classique », 2009.

ADAPTATIONS

- *Lolita*, film de Stanley Kubrick, avec James Mason, Sue Lyon, Shelley Winters et Peter Sellers, États-Unis, 1962. Le scénario du film fut d'abord écrit par Nabokov lui-même, mais Kubrick ne s'en est finalement qu'inspirer. Nabokov s'est pourtant déclaré satisfait du long-métrage. Celui-ci reste très proche du roman, mais accorde une place plus importante au personnage de Quilty, resté en filigrane sous la plume de Nabokov. Kubrick, au contraire, place Peter Sellers à plusieurs reprises au premier plan, et ce dès la première partie du film : il incarne ainsi un personnage moins menaçant.

- *Lolita*, film d'Adrian Lyne, avec Jeremy Irons, Dominique Swain, Melanie Griffith, Frank Langella, France-États-Unis, 1997. Ce second film se veut plus fidèle au roman en ce qu'il replace Clare Quilty en fin d'œuvre et qu'il insiste davantage sur le passé d'Humbert et ses premières expériences en matière de « nymphettes ». Lyne offre une version plus explicite des relations sexuelles entre Humbert et Lolita, ce qui était impossible dans les années 1960 puisque le film de Kubrick était soumis à la censure.

Retrouvez notre offre complète sur lePetitLittéraire.fr

- des fiches de lectures
- des commentaires littéraires
- des questionnaires de lecture
- des résumés

ANOUILH
- Antigone

AUSTEN
- Orgueil et Préjugés

BALZAC
- Eugénie Grandet
- Le Père Goriot
- Illusions perdues

BARJAVEL
- La Nuit des temps

BEAUMARCHAIS
- Le Mariage de Figaro

BECKETT
- En attendant Godot

BRETON
- Nadja

CAMUS
- La Peste
- Les Justes
- L'Étranger

CARRÈRE
- Limonov

CÉLINE
- Voyage au bout de la nuit

CERVANTÈS
- Don Quichotte de la Manche

CHATEAUBRIAND
- Mémoires d'outre-tombe

CHODERLOS DE LACLOS
- Les Liaisons dangereuses

CHRÉTIEN DE TROYES
- Yvain ou le Chevalier au lion

CHRISTIE
- Dix Petits Nègres

CLAUDEL
- La Petite Fille de Monsieur Linh
- Le Rapport de Brodeck

COELHO
- L'Alchimiste

CONAN DOYLE
- Le Chien des Baskerville

DAI SIJIE
- Balzac et la Petite Tailleuse chinoise

DE GAULLE
- Mémoires de guerre III. Le Salut. 1944-1946

DE VIGAN
- No et moi

DICKER
- La Vérité sur l'affaire Harry Quebert

DIDEROT
- Supplément au Voyage de Bougainville

DUMAS
- Les Trois
  Mousquetaires

ÉNARD
- Parlez-leur
  de batailles,
  de rois et
  d'éléphants

FERRARI
- Le Sermon sur la
  chute de Rome

FLAUBERT
- Madame Bovary

FRANK
- Journal
  d'Anne Frank

FRED VARGAS
- Pars vite et
  reviens tard

GARY
- La Vie devant soi

GAUDÉ
- La Mort du
  roi Tsongor
- Le Soleil des
  Scorta

GAUTIER
- La Morte
  amoureuse
- Le Capitaine
  Fracasse

GAVALDA
- 35 kilos d'espoir

GIDE
- Les
  Faux-Monnayeurs

GIONO
- Le Grand
  Troupeau
- Le Hussard
  sur le toit

GIRAUDOUX
- La guerre de
  Troie
  n'aura pas lieu

GOLDING
- Sa Majesté des
  Mouches

GRIMBERT
- Un secret

HEMINGWAY
- Le Vieil Homme
  et la Mer

HESSEL
- Indignez-vous !

HOMÈRE
- L'Odyssée

HUGO
- Le Dernier Jour
  d'un condamné
- Les Misérables
- Notre-Dame
  de Paris

HUXLEY
- Le Meilleur
  des mondes

IONESCO
- Rhinocéros
- La Cantatrice
  chauve

JARY
- Ubu roi

JENNI
- L'Art français
  de la guerre

JOFFO
- Un sac de billes

KAFKA
- La Métamorphose

KEROUAC
- Sur la route

KESSEL
- Le Lion

LARSSON
- Millenium I. Les
  hommes qui
  n'aimaient pas
  les femmes

LE CLÉZIO
- Mondo

LEVI
- Si c'est un
  homme

LEVY
- Et si c'était vrai…

MAALOUF
- Léon l'Africain

MALRAUX
- La Condition humaine

MARIVAUX
- La Double Inconstance
- Le Jeu de l'amour et du hasard

MARTINEZ
- Du domaine des murmures

MAUPASSANT
- Boule de suif
- Le Horla
- Une vie

MAURIAC
- Le Nœud de vipères

MAURIAC
- Le Sagouin

MÉRIMÉE
- Tamango
- Colomba

MERLE
- La mort est mon métier

MOLIÈRE
- Le Misanthrope
- L'Avare
- Le Bourgeois gentilhomme

MONTAIGNE
- Essais

MORPURGO
- Le Roi Arthur

MUSSET
- Lorenzaccio

MUSSO
- Que serais-je sans toi ?

NOTHOMB
- Stupeur et Tremblements

ORWELL
- La Ferme des animaux
- 1984

PAGNOL
- La Gloire de mon père

PANCOL
- Les Yeux jaunes des crocodiles

PASCAL
- Pensées

PENNAC
- Au bonheur des ogres

POE
- La Chute de la maison Usher

PROUST
- Du côté de chez Swann

QUENEAU
- Zazie dans le métro

QUIGNARD
- Tous les matins du monde

RABELAIS
- Gargantua

RACINE
- Andromaque
- Britannicus
- Phèdre

ROUSSEAU
- Confessions

ROSTAND
- Cyrano de Bergerac

ROWLING
- Harry Potter à l'école des sorciers

SAINT-EXUPÉRY
- Le Petit Prince
- Vol de nuit

SARTRE
- Huis clos
- La Nausée
- Les Mouches

SCHLINK
- Le Liseur

SCHMITT
- La Part de l'autre
- Oscar et la Dame rose

SEPULVEDA
- Le Vieux qui lisait des romans d'amour

SHAKESPEARE
- Roméo et Juliette

SIMENON
- Le Chien jaune

STEEMAN
- L'Assassin habite au 21

STEINBECK
- Des souris et des hommes

STENDHAL
- Le Rouge et le Noir

STEVENSON
- L'Île au trésor

SÜSKIND
- Le Parfum

TOLSTOÏ
- Anna Karénine

TOURNIER
- Vendredi ou la Vie sauvage

TOUSSAINT
- Fuir

UHLMAN
- L'Ami retrouvé

VERNE
- Le Tour du monde en 80 jours
- Vingt mille lieues sous les mers
- Voyage au centre de la terre

VIAN
- L'Écume des jours

VOLTAIRE
- Candide

WELLS
- La Guerre des mondes

YOURCENAR
- Mémoires d'Hadrien

ZOLA
- Au bonheur des dames
- L'Assommoir
- Germinal

ZWEIG
- Le Joueur d'échecs

www.lepetitlitteraire.fr

ISBN version numérique : 978-2-8062-2042-4
ISBN version papier : 978-2-8062-1212-2
Dépôt légal : D/2013/12603/401

Avec la collaboration de Margot Pépin pour l'étude
du personnage de Valeria ainsi que pour les chapitres
« Humbert Humbert et les femmes » et « La culpabilité ».

Conception numérique : Primento,
le partenaire numérique des éditeurs.

Ce titre a été réalisé avec le soutien de la Fédération
Wallonie-Bruxelles, Service général des Lettres et du Livre.

Made in the USA
Monee, IL
07 July 2026